SUCCESSION

DE

M. ADRIEN DECOURCELLE

OBJETS D'ART

MOBILIER

Vente Hôtel Drouot, Salle N° 11

.Les Mardi 20 et Mercredi 21 Décembre 1892

A DEUX HEURES

Mᵉ P. CHEVALLIER	**M. A. BLOCHE**
COMMISSAIRE-PRISEUR	EXPERT PRÈS LA COUR D'APPEL
10, rue de la Grange-Batelière, 10	25, rue de Châteaudun, 25

EXPOSITION PUBLIQUE

Le Lundi 19 Décembre 1892, de 1 h. 1|2 à 5 h. 1|2.

CATALOGUE

DES

OBJETS D'ART

BRONZES DE BARYE, LEQUESNE, AIZELIN

Éditions de Barbedienne, Gautier, Delafontaine

ANCIENNES FAÏENCES FRANÇAISES ET AUTRES

Porcelaines montées et non montées, Émaux cloisonnés

TABLEAUX, DESSINS, AQUARELLES

MEUBLES RÉGENCE ET 1ᴱᴿ EMPIRE

Commode, Lit, Tables ornés de bronzes dorés

MOBILIER MODERNE EN BOIS SCULPTÉ

Grande Bibliothèque, Salle à manger, Bureau, Piano d'Ignace Pleyel
Sièges en tapisserie, Rideaux, Tapis, Objets divers
Meubles courants

LE TOUT DÉPENDANT

De la Succession de M. Adrien Decourcelle

Auteur dramatique

DONT LA VENTE AURA LIEU

HÔTEL DROUOT, SALLE Nº 11

Les Mardi 20 et Mercredi 21 Décembre 1892

A DEUX HEURES

Mᵉ PAUL CHEVALLIER	**M. ARTHUR BLOCHE**
COMMISSAIRE-PRISEUR	EXPERT PRÈS LA COUR D'APPEL
10, rue de la Grange-Batelière, 10	25, rue de Châteaudun, 25

Chez lesquels on trouve le présent Catalogue

EXPOSITION PUBLIQUE

Le Lundi 19 Décembre 1892, de 1 h. 1/2 à 5 h. 1/2

CONDITIONS DE LA VENTE

La vente sera faite expressément au comptant.

Les Acquéreurs paieront en sus des adjudications *cinq pour cent.*

L'Exposition mettant le public à même de se rendre compte de l'état des objets, il ne sera admis aucune réclamation une fois l'adjudication prononcée.

Paris. — Imp. de l'Art, E. MÉNARD ET Cⁱᵉ, 41, rue de la Victoire

DÉSIGNATION DES OBJETS

MEUBLES

1 — Belle commode forme *mazarine*, à deux ran-
gées de tiroirs, en marqueterie de bois, dessus
à médaillon et écoinçons, dessin très délicat;
garnie de bronze doré, montants à masques de
femmes et chute de fleurs, d'après Bérain; poi-
gnées et entrées de serrures, à consoles et
cornes d'abondance. Cintres de façade et de
côtés, à moulures saillantes, reliées sur le
devant par un motif à feuillages. Époque Ré-
gence.

2 — Beau lit de coin en bois d'acajou, côtés à
colonnes, garni de bronzes ciselés et dorés,
représentant des gerbes de fleurs et feuillages,
et dans le bas un grand motif analogue avec

cartouche à rosace au centre. Époque premier
Empire.

3 — Table à ouvrage en acajou garni de bronzes
dorés. Époque premier Empire. Intérieur avec
glace.

4 — Secrétaire-chiffonnier en bois rose et marqueterie, garni de bronze. Style Louis XVI.

5 — Petite table en bois rose et palissandre, pieds
à contours, garni de bronze. Style Louis XV.

6 — Table à jeu en bois noir et perlé de cuivre.

7 — Grand et beau fauteuil en peluche rouge, orné
d'applications d'anciennes broderies · de soie et
d'argent : grappes de fruits suspendues à des
rubans, côtés et rampe en peluche bleue, garni
de franges et passementeries.

8 — Écran en chêne sculpté, forme gothique, garni
de vitraux de même style.

9 — Deux grands fauteuils en velours rouge et
imitation de tapisserie au point.

10 — Petit meuble-étagère d'applique en marque-

terie de bois, dessin à vases Louis XVI et
gerbes de fleurs, garni de bronze. Style XVIIe
siècle.

11 — Douze chaises de salle à manger en bois
sculpté, couvertes de tapisseries au point. Style
Louis XIII.

12 — Buffet-crédence en chêne sculpté. Style
Louis XIII.

13 — Deux servantes en chêne sculpté, à pieds tors,
avec étagères. Même style.

14 — Table à jeu en chêne sculpté, pieds cannelés,
bandeaux à godrons. Style Louis XIII.

15 — Petite table à jeu en chêne sculpté, pieds tors.
Style Louis XIII.

16 — Table de salle à manger ovale, à pieds tors,
en chêne sculpté, à deux allonges et demie.

17 — Desserte à étagères en chêne sculpté, à pieds
tors.

18 — Deux escabeaux en chêne sculpté.

19 — Petite table avec piétements à croisillons, en chêne; dessus en soierie brochée. Louis XV.

20 — Deux petites consoles d'angles et d'applique, en chêne sculpté.

21 — Grand divan formant lit-canapé, en drap bleu soldat, étoffe genre oriental, avec trois coussins.

22 — Deux coussins en drap bleu soldat, avec médaillons en tapisserie au petit point à personnages, représentant la Partie de cartes et les Divertissements champêtres. Époque Louis XV.

23 — Deux petits meubles-chiffonniers à huit tiroirs, en bois noirci incrusté de filets de cuivre.

24 — Petite table avec tiroir, en marqueterie de **bois**, à fleurs sur fond noir, garnie de bronze. Style **Louis** XV.

25 — Deux vitrines à **deux portes** en bois de rose et palissandre, garnies de bronze. **Style Louis XVI.**

26 — Grande bibliothèque à trois portes, en **chêne** sculpté orné de figures de femmes, représentant la Musique, la Comédie, la Tragédie et la Poésie.

Les battants offrent en bas-relief des trophées d'attributs à la musique, à la peinture et aux sciences.

27 — Coffre formant banquette d'antichambre, en bois sculpté, à médaillons d'amours ; dessus en tapisserie au point. XVIIe siècle.

28 — Bahut à hauteur d'appui en chêne sculpté avec cartouche à tête de lion et montants à chutes de fruits. Style Louis XIII.

29 — Bahut à deux portes et à deux tiroirs en chêne sculpté, décor arabesques et têtes d'animaux. Style Louis XIII.

30 — Bureau en chêne sculpté à pieds tors. Style Louis XIII.

31 — Quatre chaises en chêne sculpté, pieds et montants tors, couvertes en tapisserie au gros point.

32 — Piano droit en bois noir avec bordures à perlé de cuivre d'Ignace Pleyel.

33 — Deux bahuts à hauteur d'appui en bois noir, gravés, incrustés de cuivre et garnis de bronze doré. Style Louis XIII.

34 — Table à thé en palissandre.

35 — Deux grands fauteuils en peluche et broché fond vert à fleurs, capitonnés avec franges et passementeries assorties.

36 — Meubles divers : armoires, tables, commodes, etc.

SCULPTURES

37 — CARRIER-BELLEUSE. *Les Roses*, buste de femme en terre cuite.

38 — CLÉSINGER. *Le Printemps* et *l'Automne*, deux bustes de femmes en terre cuite.

39 — FREMIET. *Chatte et ses petits*, presse-papiers en terre cuite.

40 — Statuette en albâtre : *Danseuse antique*. Fin du XVIe siècle.

41 — Groupe en buis sculpté : *la Vierge, l'Enfant Jésus et Saint Jean*. XVIIe siècle.

42 — Statuette en bois sculpté : *Un Évêque*. XVIIe siècle.

BRONZES

43 — Garniture de cheminée en bronze doré, premier Empire : pendule représentant Cupidon ; candélabres, forme vase, avec bouquets de lis à trois lumières.

44 — Petite figurine : Hermione, bronze à patine verte, socle en marbre foncé. Époque premier Empire.

45 à 48 — Cheval, Bœuf, Éléphant et Chameau, bronzes à patine verte de *Barye*. Signés.

49 — Statuette en bronze : *Vénus de Milo*, patine claire.

50 — Deux jolies figurines : *Satyre* et *Bacchante*, bronzes argentés de Clésinger. Signés. Édition de Barbedienne, sur socle en onyx d'Algérie.

51 — Statuette en bronze représentant la tragédienne Rachel dans un de ses rôles.

52 — Deux bas-reliefs en bronze, patine claire : *les Sources*, d'après Jean Goujon. Édition de Barbedienne.

53 — Petite figurine : *Vénus de Milo*, bronze de Barbedienne.

54 — Petite figurine : *Diane*, d'après Houdon, bronze à patine claire.

55 — Statuette en bronze : *le Faune*, de Lequesne, bronze à patine verte.

56 — Cheval au pas et Cerf, bronzes verts de *Barye*. Édition de Barbedienne.

57 — Vase en bronze ancien de Chine, posant **sur** lambrequin ajouré, anses à anneaux mobiles.

58 — Vase à quatre faces en bronze ancien de Chine, anse à têtes chimériques.

59 — Groupe en bronze vert : *Lion et Serpent*, de Barye. Signé.

60 — *Le Lion qui marche* et *Lionne*, deux bronzes verts de Barye. Éditions de Barbedienne.

61 — Statuette en bronze : *Baigneuse*, d'après Allegrain. Édition de Barbedienne.

62 — Chauffe-mains en bronze japonais, patine claire.

63 — Deux vases en bronze japonais, décor aux dragons.

64 — Deux statuettes en bronze : Danseurs italiens de Duret. Édition de Delafontaine.

65 — Deux statuettes en bronze argenté : *Diane de Gabies* et son pendant. Édition de Barbedienne.

66 — Statuette en bronze argenté : *Nyssia*, d'Aizelin. Édition de Gautier. Sur socle en onyx d'Algérie.

67 — *Antilope*, bronze vert de Barye. Édition de Barbedienne.

68 — Deux petites biches, bronze vert de Barye. Édition de Barbedienne.

69 — Deux figurines, bronze ancien de l'Inde, fondu creux.

70 — Deux médaillons en bas-relief, représentant M. Got, de la Comédie-Française. Signés David d'Angers.

71 — Bonbonnière en cuivre étamé et gravé. Travail persan.

72 — Garniture de cheminée : pendule en marbre rouge griotte de Gautier, avec groupe en bronze, patine rouge : *Bacchante et petit faune*, édition de Barbedienne, et deux vases en bronze avec sujets en bas-relief, Nymphes dansant, anses à feuillages, sur socles en marbre rouge griotte.

73 — Paire de girandoles à six lumières en cuivre poli, garni de cristaux, guirlandes et fleurs. Louis XIV.

74 — Presse-papiers en bronze : Femme couchée.

75 — Deux petits lapins, bronze de Barye.

76 — Petit vase en bronze ajouré, avec anses à anneaux mobiles.

77 — Petit vase ovoïde, bronze patine claire, avec figures d'enfants en bas-reliefs de Barrias. Édition de Barbedienne.

78 — Deux appliques à trois lumières, en cuivre poli, fond de glace. Style Louis XIV.

79 — Deux appliques à deux lumières en cuivre poli. Style Louis XIV.

80 — Suspension à une lampe et six bougies en cuivre poli.

81 — Lustre flamand en cuivre poli, à neuf lumières.

82 — Garniture de cheminée en bronze doré et marbre blanc. Groupe et figurines d'enfants.

83 — Deux petits candélabres à deux lumières, en bronze, style grec, socles en marbre rouge griotte.

ÉMAUX CLOISONNÉS

84 — Joli petit brûle-parfums ancien de Chine, décor polychrome, sur fond bleu turquoise.

85 — Bonbonnier fond bleu turquoise, décor polychrome de Chine.

86 — Potiche du Japon, fond vert, décor polychrome.

87 — Bonbonnière de Chine, fond bleu turquoise, dessin en couleurs.

TABLEAUX

88 — **Woete**. Bord de rivière.

89 — **Leroy (Louis)**. Paysage.

90 — **Olive**. Branche d'amandes.

91 — **L. L**. Le Petit Pêcheur ; paysage.

92 — **Sand (M.)**. Pierrot gourmand.

93 — **Jacque (Charles)**. Souvenir de Hollande ; paysage.

94 à 96 — **L. L**. Paysages avec figures. (Trois tableaux.)

97-98 — **École moderne**. Marines. (Deux tableaux.)

99 — **Dian**. Bateau de pêche.

100 — **Bentabole**. Troupeau au bord de la mer.

101 — **École moderne**. Aquarelles, dessins divers.

ARGENTERIE

102 à 110 — Huilier, couverts, couteaux, porte-
tasses, plat en argent. (Sera divisé.)

111 à 120 — Différentes pièces en argenture de Chris-
tophle. (Sera divisé.)

PORCELAINES ET FAIENCES

121-122 — VIEUX SAXE. Quatre figurines : Jardinier,
Jardinière, Danseur et Singe.

123 à 125 — ALLEMAGNE. Trois animaux : Chèvre
Pintade et Oiseau.

126 — VIEUX SAXE. Petit buste de bacchante.

127 — VIEUX SAXE. Petite figurine : Amour guer-
rier.

128 — DELFT. Trois plats de différentes formes, décor bleu sur blanc.

129 — ROUEN ANCIEN. Petit compotier, décor bleu
sur blanc.

130 — INDES ANCIEN. Paire de lampes, décor médaillons, fleurs et corbeilles ; monture bronze doré. Style Louis XVI.

131 — TOURNAI. Paire de vases formant flambeaux, fond gros bleu et or, médaillons à sujets et fleurs, monture bronze doré. Style Louis XVI.

132 — CHINE ANCIEN. Deux coqs, décor polychrome.

133 — MOUSTIERS. Poudrière, décor bleu sur blanc.

134 — PADOUE. Vase avec couvercle, décor arabesques. Porte la date 1617.

135 — MUNICH. Vidrecome en grès, décor polychrome, représentant les apôtres.

136 — CASTELLI. Petit vase, décor à sujet mythologique, XVIIᵉ siècle ; socle bois noir.

137 — URBINO. Canard, décor polychrome.

138 — URBINO. Petit cornet, décor au lion et banderoles.

139-140 — DELFT ANCIEN. Animaux, figurines, décors variés.

141 — Saxe. Petits animaux et volatiles.

142 — Marseille ancien. Jolie soupière ovale, décor
à fleurs et rocailles, anses à têtes d'aigles.

143 — Marseille ancien. Soupière ronde, décor à
fleurs, anses à branches d'olivier en relief.

144 — Marseille ancien. Trois assiettes, décor à
bouquets de fleurs.

145 — Marseille ancien. Quatre assiettes, décor à
bouquets de fleurs, bordure feuilles de choux.

146 — Rouen. Deux compotiers, décor polychrome
à lambrequins, guirlandes et corbeilles.

147 — Rouen ancien. Deux petits plats, décor bleu
sur blanc, à arcades et ornements.

148 — Rouen. Grand plat, décor très fin, polychrome,
à lambrequins et ornements.

149 — Rouen ancien. Assiette, décor polychrome,
dragon et ornements.

150 — Rouen ancien. Socle de surtout, décor bleu
sur blanc.

151 — ROUEN ANCIEN. Moutardier, décor polychrome.

152 — ROUEN ANCIEN. Compotier côtelé, décor bleu sur blanc, à rosace.

153 — SINCENY. Deux assiettes, décor polychrome : volatile et paysage.

154 — DELFT ANCIEN. Plat, décor à la foudre, en polychrome.

155 — DELFT ANCIEN. Quatre assiettes, décor polychrome : oiseaux, fleurs et paysage.

156 — DELFT. Deux assiettes, décor à sujets champêtres, en bleu.

157 — DELFT. Assiette à rosace polychrome.

158 — STRASBOURG. Coquille, décor à fleurs.

159 — STRASBOURG. Deux assiettes, décor à fleurs, bordure feuilles de choux.

160 — MOUSTIERS. Assiette, décor polychrome : sujet, d'après Callot.

161 — MARSEILLE. Cartel, décor à rocailles en bleu et or.

— 19 —

162-163 — URBINO. Deux coupes sur piédouches, décor à écussons et motifs raphaélesques. XVIIᵉ siècle.

164 — FAENZA. Coupe à ombilic, décor à figure de femme avec banderoles et godrons.

165 — FABRIQUES DIVERSES Cocottières, perroquet, lapins, poules, dindes, cheval, oiseaux, chien et chat. (Sera divisé.)

166 — DELFT. Beurrier, forme poule d'eau, décor polychrome.

167 — DELFT ANCIEN. Bouteille, décor : Paysage, et oiseau en bleu sur blanc.

168 — HISPANO-ARABE. Plat rond à ombilic, décor bleu et mordoré. XVIᵉ siècle.

169 à 176 — FABRIQUES MODERNES, européennes et orientales, pièces de différentes formes : coupe, salière, tasses, gourde, etc. (Sera divisé.)

177 — SATZUMA. Deux groupes de personnages, décor à rehauts d'or.

178 — CHINE et INDES. Tasses et soucoupes, décors variés.

179 à 181 — Japon. Plats et compotiers, décors polychromes.

182 — Porcelaines françaises. Six assiettes, décor paysage ; bordure fond rose et or.

OBJETS DIVERS

183 — Objets de vitrine et de curiosité.

184 — Mobilier courant.

185 — Verrerie, porcelaines de table.

186 — Tapis, rideaux, étoffes.

187 — Objets non catalogués.